세상의 말 다 지우니

세상의 말 다 지우니
강남국 시집

초판 인쇄 2022년 11월 21일
초판 발행 2022년 11월 25일

지은이 강남국
펴낸이 신현운
펴낸곳 연인M&B
기 획 여인화
디자인 이희정
마케팅 박한동
홍 보 정연순
등 록 2000년 3월 7일 제2-3037호
주 소 05056 서울특별시 광진구 자양로 73(자양동 628-25) 동원빌딩 5층 601호
전 화 (02)455-3987 팩스 (02)3437-5975
홈주소 www.yeoninmb.co.kr
이메일 yeonin7@hanmail.net

값 10,000원

ⓒ 강남국 2022 Printed in Korea

ISBN 978-89-6253-549-5 03810

세상의 말 다 지우니

강남국 시집

시 전도사 강남국 시인이 전하는
이 세상 모든 이와 나누고 싶은 아포리즘적 메타포!

연인M&B

문학은 힘이 셉니다. 평생 문학을 사랑하는 문청(文靑)으로 살다 보니 자연스레 '시(문학) 전도사'가 됐고 시를 열 편만 외워도 인생이 바뀐다고 너스레를 떤 지도 퍽 되었습니다. 나는 시의 힘을 믿습니다. 시 한 편이 인생을 변화시킵니다. 좋은 시를 외우면 우선 품성이 부드러워지고 너그러워집니다. 삶에 반짝반짝 윤기가 흐르게 되지요. 그 매력에 2005년 '활짝웃는독서회'를 창립했고 매달 회지를 편집하며 좋은 작품을 만나고 전하는 행복을 누리고 있습니다.

여기 졸작(拙作)들은 문재(文才)가 없는 탓으로 삶이 곧 시(詩)가 되지 못한 아쉬움이 있습니다. 위안으로 삼는다면 시(詩)는 쓰고 싶다고 써지는 것이 아니라는 것이군요. 시마(詩魔)는 아무에게나 찾아오는 것이 아니었어요. 아무리 쓰고 싶어도 단 한 글자도 떠오르지 않을 때가 많았습니다. 억지로는 쓸 수 없는 시! 물이 위에서 아래로 흐르듯 삶과 시가 일치할 때만 좋은 시는 써지는 것이 아닌가 싶기도 합니다. 꾸며 낸 것은 아름답지 않았습니다. 그것만이 자신은 물론 타인의 공감을 얻을 수 있는 생명 깃든 작품이 탄생하지 않을까 싶습니다.

나의 '아포리즘(aphorism)적' 한 줄 명상 시는 빅토르 시클로프스키(Viktor B. Shklovsky)의 '낯설게 하기' 등 전형적인 시의 형식을 파괴한 글입니다. 아무개 시인은 '이건 시가 아니다.'라고 일갈했고 아직은 이런 형식의 작품이 전혀 없는 것으로 압니다. 그렇다고 이웃 나라의 문학 형식이나 김모 시인의 짧은 시를 표방한 것도 아닙니다. 다만 내가 생각하는 시적 단상(斷想)을 짧게 압축해 한 줄로 표현한 것인데 어떻게 읽힐지 궁금해지기도 합니다. 이 책이 세상에 나오기까지 애써 주신 연인M&B의 신현운 대표님과 편집부 선생님들께 고마움을 전합니다.

2022년 가을
강남국

| 차례 |

1부

가슴이 따뜻한 사람

좋은 글을 쓰려면

그런 삶을 살아야

장애인

추억이 가난한 사람

휠체어 이용자

자기 의자를 갖고 다니는 사람

황홀

진리와 하나 될 때

시인

한 줄의 시를 위해 죽을 수 있는, 남들이 보지 못하는 것을 보는 사람

세월

천하장사

외할아버지의 생철학

하늘을 보라
어느 구름에 비가 들어 있을지 누가 알쏘냐
그런즉
사람을 낮추어 보지 마라

공부

생각의 근육을 키우는 행위

마음

친숙하고 오래된 것에 매여 있는 것

상상력

남들과는 다른 방식으로 보는 능력

가슴이 따뜻한 사람

글 쓸 자격이 있는 사람

아름다운 사람

자기 삶의 주인으로 사는 사람

행복

이야기가 있는 삶

가장 즐거운 일

공부하는 일

휴식(休息)

사람이 나무에 기대어 스스로의 마음을 돌이켜 보는 것

그리울 연(戀) 자(字)의 구조

좌사우사중언하심

부끄러움

정직하게 살아 내지 못한 삶

삶은

고독과 사랑으로 가득 차 있다

최고의 글쟁이

글과 삶이 일치하는 사람

글이란

한 사람이 살아 낸 삶, 기억, 꺼낸 상처

부작용

단 1%도 내가 겪으면 100%

행복한 일

배운 것이 가치 있게 쓰일 때

책

정신세계의 밥

버지니아 울프의 가장 절실한 문제

연간 500파운드와 자기만의 방

상처는

굶는 것이 아니라 싸매 주는 것

나에게 글을 쓴다는 것

쓰지 않는 삶은 삶이 아니기에

세상에서 제일 중요한 일

관계를 맺는 일

잘못된 속담 셋

사촌이 땅을 사면 배가 아프다
오르지 못할 나무는 쳐다도 보지 말라
뱁새가 황새를 따라가다 가랑이가 찢어진다

책 속의 길이 있다

읽는 사람에게만

내 인생의 책

변화의 디딤돌

기다림

그 자체가 싱싱한 행복

가장 위대한 힘

상상력

군자

자기완성의 인간

진정한 문학

땀 냄새가 스민 글

언어

인류가 만든 최고의 발명품

김영한^(백석의 연인)의 셈법

1,000억 원이 백석의 시 한 줄에 미치지 못한다

세상

바람이 부는 곳

못 견디게 배고픈 것

정서적인 허기

시(詩)

말씀의 사원, 자기 구원의 도구

2부

행복한 사람

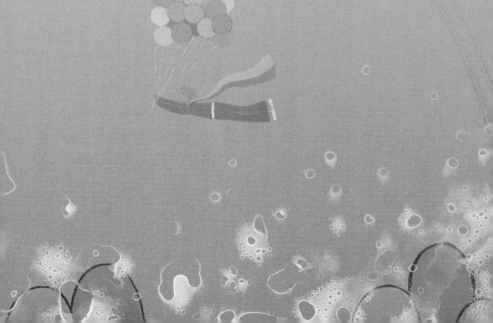

인간(人間)

고독한 존재

인간을 행복하게 하는 것

친밀하고 좋은 인간관계

세상에서 가장 외로운 단어

정직

욕망

충족되지 않는 것

산책

삶을 만나고 자연을 읽는 일

독서

지식의 산책

생과 사의 차이

생 : 없음에서 있음으로
사 : 있음에서 없음으로

미(美)의 정의

아름다움을 생각하는 것이 아름다움

시론(詩論)

시 쓰기의 터 잡기

일기(日記)

과감한 자기 폭로

문학의 힘

언어로 표현하고 실천하는 것

작가가 된다는 것

세상을 사랑하는 사람

책갈피

독서의 동행자

가장 유명한 사람

모든 시대의 사람

가장 아름다운 것

가장 자연스러운 것

예술

영혼의 도구

아버지의 인생철학

세상에는
돈보다 더 소중한 것이 있다

흙과 거름을 만지며 건진 평생의 투박한 부양

세상천지

아프지 않은 사람은 없다

내 인생의 황홀

나눔이 베푸는 환희를 경험하게 했을 때

내가 살았다는 것

세대와 세대를 이어 주는 연결고리

시인(詩人)

말에 끌리는 사람

미해결

정답 없는 삶

인간의 본질

욕망

인간(人間)

어떤 대상을 충격으로 만날 때 외엔 변하지 않는 동물

오직 당신(only you)

당신이 아니고는 채울 수 없는 사람

멋진 할머니

평생 토라지거나 삐친 적이 없다는 87세 옆집 양금분 할
머니

그림

그린 이의 마음 꽃

한계가 없는 것

인간의 성욕

노을

고와서 서러운 존재

위대한 책

내 삶을 바꾼 책

욕심과 소망

죽기 사흘 전까지 한창나이로 사는 것

실패의 길

생각하는 힘을 키우지 않을 때

맑은 소망

지식인이 아닌 지성인으로 사는 것

상처

자국은 남지만 아물게 돼 있다

행복했을 때

서른네 살에 어머니 앞에서 처음 섰을 때

치매

영혼의 정전(停電)

행복한 사람

'난 사랑받았어$^{(\text{I was loved})}$.'의 주인공

노인의 죽음

도서관 하나가 사라지는 것

세상에서 제일 무서운 것

아무짝에도 쓸모없는

행복을 빼앗는 적

화(禍, Anger)

나를 위한 일

남한테 베푸는 것

3부

아름다운 사람

생(삶)을 불행하게 하는 것

아집, 독선, 편협

가장 순수한 철학자

세상의 모든 아기

가난한 사람

나눌 것이 없는 사람

슬픈 날

정신이 마른 하루를 살았을 때

아름다운 사람 2

자기 안의 샘을 파는 자

좋은 샘

여름에는 시원하고 겨울에는 차갑지 않은

성격(性格)

나를 이루는 뿌리

나무가 겨울을 나기 위해 하는 일

버림 또는 이별

나에게 사랑은

영원한 목마름

나의 묘비명

여기 生을 사랑했던 강남국 잠들다

행복한 사람 2

一生 동안 할 일이 있는 사람

슬프고도 아름다운 것

지난 세월

인간의 내면을 가장 깊게 묘사할 수 있
는 장르

문학

죽음

삶을 가르쳐 주는 최고의 스승

고향

평생 그리운 곳

겨울

불이 없으면 살 수 없는 계절

세상이 아름다운 것은

변화가 존재함으로

지옥

희망을 일절 꿈꿀 수 없는 곳

외로움

내가 가진 전 재산

겨울 2

만물이 치유하고 회복하는 시간

밥

하늘

나에게 글쓰기란

세상을 버티는 힘

최고의 긍정 심리학

죽기 전까지 늦은 것은 없다

나에게 정신훈련의 도구는

책

정의할 수 없는 것

인간의 삶

보석

아이들의 티 없는 환한 웃음

세상에 없는 것

쉬운 삶

소망

연륜이 곧 지혜의 샘이 됐으면

최고의 보약

감사

동백꽃이 겨울에 피는 이유

혹한에도 웃음 잃지 않기를

인류가 추구하는 최고의 가치

진선미(眞善美)

불가능한 것

질병 없는 세상

인생에 힘이 된 시 한 편

오, 성이여 계절이여 상처 없는 영혼이 어디 있으랴*

(랭보)

인생에 힘이 된 책 제목

『슬픔만한 거름이 어디 있으랴』, 『슬픔도 힘이 된다』

고향 선배의 아우 사랑

理想은 높고 現實은 착실하게

혼 삶

외로운 사람들

유토피아

장애인과 노인을 위한 나라

나이

세월이 주는 훈장

한(恨)

힘의 원천이자 창조와 삶의 에너지

절망도 감사할 때

아픔도 살아 있는 동안의 일

4부

최고의 인사

유토피아 2

장애가 문제되지 않는 세상

소망 2

타자의 눈물을 외면하지 않는 삶

가장 큰 불행

사랑받지 못하는 것이 아니라, 사랑하지 못하는 것

몸(육체)

영혼의 집

타는 갈증

세 끼의 밥으로도, 육신을 가린 한 벌의 옷도
편히 누울 잠자리도 막지 못할 때.

이별의 척도

사랑한 부피만큼 이별은 아프다

아프다는 건

사랑했다는 것

불행한 사람

만나야 할 사람을 만나지 못하고
사랑해야 할 사람을 사랑하지 못하고
사랑해서는 안 될 사람을 사랑하는

생(生)

억겁의 세월을 살아도 밑을 드러내지 않는
아, 생이란 얼마나 깊은 것인가

낙엽

한 생을 온전히 살지 않으면 입을 수 없는 옷

최고의 인사

잘 살아 줘서 고마워

평생 좋았던 날

주문한 책이 도착하는

고전(古典)

세월에도 자신의 가치를 소진하지 않는

병(病)보다 무서운 것

절망이라는 정신의 재앙

시야를 가리는 것

선입견과 편견

내 정신의 고향

내게 영향을 준 모든 책

진정한 일등

묵묵히 자기 몫을 다해 온 사람들

누군가를 사랑하게 되면

함께 있고 싶다

사랑의 정의

내가 나를 사랑하지 않으면 누구도 나를 사랑하지 않는다

외로움

전화기가 손에 쥐여 있지만, 전화를 걸 수 없는

형벌

돈이 많은데도 살아가는 것이 전혀 의미가 없을 때

불행한 일

자신의 존재 가치를 찾지 못할 때

로버트 프로스트의 선택

"숲속에 두 갈래 길이 있었다. 나는 한 번도 가 보지 않은 길을 택했고, 그것이 내 삶을 바꿔 놓았다."

참을 수 없는 존재의 가벼움

병신 꼴값하네

언어

영혼의 호흡

생의 속살을 아는 길

고통의 강

내 인생의 두 가지 욕구

지적 욕구, 창작 욕구

가장 값진 글의 출처

삶

배신하지 않는 유일한 것

흘린 땀

현실을 회피하는 유일한 방법

죽음

인간에게 주어진 것

본능과 의지

노인들을 무참하게 만드는 일

할 일이 없는 존재라고 느낄 때

세상에서 가장 어려운 일

혼자 사는 일

가장 싫은 것

혼자서 보내야 하는 밤

사람에게 없는 것

완벽한 삶

고독의 역할

영혼의 역량을 강하게

신과 함께 살 때 외엔

고독이란 해(害)가 된다

쉽게 치유되지 않는 병

영혼의 상처

칼릴 지브란의 사랑관

모든 일은 거기 사랑이 있을 때를 제외하고는 공허하다

위로하지 못할 때

근본이 외롭게 태어난 사람

5부

내가 원하는 세상

내가 두려워하는 것

정신의 불구

물질의 부족을 부족으로 느끼지 않고 살 수 있는 길

예술문화를 사랑하는 길뿐

이 세상에서 가장 큰 선물

생명

육체

정신의 종

내 인생의 과제

내 몫을 찾는 것

여유

만들 줄 아는 사람에게 찾아오는 시마(詩魔) 같은 것

인생 최고의 날

나의 사명을 자각한 날

최고의 詩

천 명이 한 번씩 훑어보는 시보다
한 사람이 천 번을 읽는 시

축복받은 자

자신의 할 일을 찾은 사람

용납할 수 없는 것

존엄성의 침해

배우는데 전 생애를 요하는 것

어떻게 사는가

이론으로 설명할 수 없는 것

인생

나의 시 쓰기

상처에서 채취하고, 고통 속에서 걸러낸 절실한 노래

철학

쉬운 것은 아름답지 않다

교회

좀 더 작아져야

오늘은

뜨겁게 사랑하는 것으로도 부족한

예술

생명을 깎는 일

재산의 한계

정신적 풍요를 가져다 주지 못할 때

만고의 진리

스스로 맑지 않으면 세상을 맑게 할 수 없다

여행

삶의 탐구

사색

삶의 위대한 예술

용서할 수 없는 일

어제와 똑같은 삶

지나친 욕심

모든 사람의 사랑을 받기 원하는 것

소중한 일

타인과 아픔을 함께하는 삶

예술의 원천

고통(苦痛)

언어

정신의 지배자

영혼을 탈탈 터는 무기

모욕 · 폭언

시인의 상품

언어

최고의 선물

오늘

시의 핵(核)

노래

좋은 시

인간에 대한 질문을 담은 시

국민 스트레스

층간소음

시들지 않는 꽃

웃음꽃

내가 원하는 세상

장애 자체가 존중되는 세상

최고로 잘 쓴 글

내가 쓴 글을 읽으며 눈물이 날 때

글 쓰면서 웃을 때는

'이만 하면 됐다' 싶을 때

최고의 벽 허물기

둘러앉은 밥상

삶의 젖줄

음악

몸으로 세상을 읽는 행위

산책

삶

쉼 없는 행진